Yf 7412

LA
MATRONE
D'EPHESE,

COMEDIE.

En 1702.

Par Mr De*La*Motte.

Lamotte

Y. 5798.
A.

A PARIS,

Chez PIERRE RIBOU, proche les
Augustins, à la descente du Pont-neuf,
à l'Image S. Louis.

—————————————

M. DCCII.
AVEC PERMISSION.

PERSONNAGES.

EUPHEMIE.

FROSINE, Suivante d'Euphemie.

SOSTRATE.

STRATON, Valet de Sostrate.

CHRISANTE, Pere de Sostrate.

LICAS, Valet de Chrisante.

UN CUISINIER.

La Scene est prés d'Ephese.

LA
MATRONE
D'EPHESE,
COMEDIE.

SCENE PREMIERE.

LICAS FROSINE.

FROSINE.

IENÇA, Licas, tandis que ton Maiſtre ſe tuë à réſoudre ma Maîtreſſe à vivre, reſpirons ici un peu de bon air.

LICAS.

C'eſt bien dit, Madame Froſine : ce tombeau me chagreine l'imagination ; il me ſemble morgué que je suis plus en vie ici que là dedans.

FROSINE.

Pour moi, c'est à peu près la mesme chose ; je meurs de faim ; n'as-tu rien, Licas ?

LICAS.

Si fait, j'ons quelque biscuit, & d'assez bon vin ; voila la bouteille, vous n'avez qu'à dire.

FROSINE *prenant un verre.*

Helas ! depuis trois jours que je suis ici avec Euphemie, je n'ai encore eu de secours, que celui que tu m'aportas hier *incognito* ; je te dois la vie, mon pauvre Licas.

LICAS.

Vous vous moquez , Madame Frosine ; il ne tient qu'à vous que je ne vous sois plus secourable ?

FROSINE.

Mais motus au moins, ma Maîtresse croit que je ne bois ni ne mange non plus qu'elle; dans les premiers mouvemens de la douleur, nous noüâmes la partie de mourir ensemble, & j'étois de bonne foi ; car je perd presque un époux moi, dans celui de Madame.

LICAS.

Oui da ?

FROSINE.

Je serois bien aise de soutenir la gageure,

au moins en aparence, jufqu'à ce que je lui
aye fermé les yeux ; verfe, Licas, verfe.

LICAS *après avoir verfé.*

O tatiguene ! beuvez fans fcrupule; j'ons de
la difcretion de refte, n'y a qu'à lui bailler
de l'exercice : tenez, il m'eft prefque auffi aifé
de garder un fecret, que de boire un vare
de vin.

FROSINE *après avoir bû.*

Ah ! ma Maîtreffe en devroit bien faire
autant.

LICAS *verfe & boit une feconde fois.*

Courage, Madame Frofine ; encore un petit coup, là point de méfiance : fi j'en parle,
que cela me ferve de poifon.

FROSINE *boit encore.*

Cela me reffufcite, mon pauvre Licas.

LICAS.

Tant mieux, ce feroit un meurtre da, de
vous laiffer mourir; vous n'eftes encore qu'un
jeune abre ; & ce feroit morguié bien du
fruit de perdu.

FROSINE.

Il eft vrai que la vie fied bien à vingt ans,
& je ne fçais comment ma Maîtreffe peut fe
réfoudre à la quitter fi-toft.

LICAS.

Alle a franchement grand tort de s'obfti-
ner à ça; alle ne l'aura pas plutoft perduë

qu'alle en fera fâchée : alle n'eft encore comme vous, que dans la primeur de fon âge ; & la vie eft morgué bonne jufqu'à la lie.

FROSINE.

Ton Maître fait tout ce qu'il peut poür l'en perfuader ; il foupire , il gemit à merveille ; il lui dit les meilleures raifons du monde : c'eft grand domage qu'il foit fi vieux.

LICAS.

Bon , bon , grand domage ! hé jarn'guoi, Madame Frofine ! un vieux vivant ne vaut-il pas encore mieux qu'un jeune deffunt ?

FROSINE.

Je connois Euphémie; la jeuneffe & la bonne mine la mettroient cent fois mieux à la raifon, que les plus beaux difcours du monde : tien, il y a deux ans qu'elle voulut s'engager parmi les Preftreffes de Diane ; toutes les inftances, toutes les larmes de fa famille ne firent qu'opiniâtrer fa petite ferveur ; & elle commençoit enfin fon ferment à la Déeffe , lorfqu'elle aperceut un jeune homme, qui d'un clin d'œil, lui coupa la parole; les vapeurs la prirent , elle fentit qu'elle n'étoit point faite pour Diane ; il falut la marier huit jours après, & le jeune homme enfin devint l'époux qu'on pleure aujourd'hui.

LICAS.

Alle va comme ç'a du blanc au noir ? oh ratiguié! qu'alle est femme cette femme là ! mais à propos du deffunt, c'étoit un brave homme ! à sa santé, je vous la porte. *Licas verse & boit encore*

FROSINE *après avoir bû aussi.*

Ah !

LICAS.

Vous vous plaignez? m'est avis, pourtant que le vin n'est pas mauvais ?

FROSINE.

Ce n'est point le vin Licas, c'est le deffunt que je plains.

LICAS.

Bon pour cela ! il y a un an que je le connoissions mon Maître & moi: quand ils venioint chez nous lui & Madame Euphemie, ils batifolioint sans cesse ensemble ; ils étiont morgué si afolez l'un de l'autre, qu'on ne les eut jamais pris pour mari & femme.

FROSINE.

Helas ! le pauvre homme s'est tué à aimer ma Maîtresse!

LICAS.

Je le croi ma foi bien Madame Frosine ; ç'a usé terriblement un jeune homme; encore un petit varre de consolation.

FROSINE fait remplir son verre &
le rend aussi-tost à Licas.

Ouy da, Licas... mais j'entens du bruit? c'est
ton Maître ... non Licas, vous avez beau me
presser, je ne prendrai pas le moindre soula-
gement que ma chere Maîtresse ne m'en
donne l'exemple.

LICAS en beuvant le vin qu'il a versé
à Frosine.

Vous me refusez, Madame Frosine? Eh bien!
c'est un affront qu'il faut boire.

SCENE II.

FROSINE, LICAS, CHRISANTE.

CHRISANTE.

AH ma pauvre Frosine ! ah mon pauvre
Licas !

FROSINE & LICAS.

Hé bien ?

CHRISANTE.

Il n'y a pas moyen de la fléchir ; mes prie-
res & mes larmes aigrissent encore son de-
sespoir ; & pour tout le prix de mes soupirs,
la cruelle me conjure de la laisser mourir
enrepos.

FROSINE.

Adieu donc, Monſieur, je m'en vais lui tenir compagnie.

LICAS *à part.*

Alle n'a morgué garde.

CHRISANTE.

Va, ma pauvre enfant, mais dis-lui bien encore que ſa reſolution m'aſſaſſine ; & qu'elle devroit vivre au moins par pitié pour moy.

FROSINE.

Franchement Monſieur, ce ſeroit ſi prendre un peu tard ; les Dieux ſçavent ce que nous avons mangé depuis trois jours !

LICAS *à part.*

Et moi auſſi.

CHRISANTE *embraſſe Froſine.*

Adieu ma pauvre Froſine, que je crains bien de ne plus revoir Euphemie !

※※※※※※※※※※※※※:※※※※※※※※

SCENE III.

CHRISANTE ET LICAS.

LICAS.

ALlons Monſieur, venez vous repoſer ;
il eſt morgué heure induë de conſoler
des veuves.

CHRISANTE.

J'ai toutes les peines du monde à me ſou-
tenir ; je me meurs de douleur & d'amour.

LICAS.

Et de ſoixante & dix ans, Monſieur : c'eſt
voſtre grande maladie; eh morgué n'eſt-il pas
honteux d'entreprendre à voſtre âge, de reſ-
ſuſciter une veuve de vingt ans ?

CHRISANTE.

Helas, helas !

LICAS.

Avec vos helas, vous ne bougez ; détalons,
vous dis-je : il eſt temps de ceder la place
aux hiboux.

CHRISANTE.

Je ne ſçaurois m'éloigner d'Euphemie.

LICAS.

Que je voudrois bien que ceux qui veillont

à la garde de ce fripon de qualité qu'on bran-
cha hier, nous priſſiint pour gens qui cher-
chons à le débrancher, j'iriins morgué cou-
cher malgré vous ; mais en priſon, & vous
le meriteriez bian.

CHRISANTE,

Ne crain rien, Licas ; c'eſt mon fils
qu'on a poſté là avec ſa troupe ; & je crain-
drois bien plûtoſt qu'il ne découvrit ma paſſion pour Euphemie.

LICAS.

Quoy, voſtre fils ! je ſuis impatient de le
connoître ; depuis trois ans qu'il eſt en cam-
pagne je ne ſçavois pas tant ſeulement qu'il
fut de retour ; mais ce n'eſt pas là un em-
ploi pour ly ?

CHRISANTE.

Il eſt depuis trois jours à Epheſe ; & comme la juſtice qu'on fit hier importe tout-à-
faït à l'Etat ; j'ay appris qu'on l'avoit choi-
ſi extraordinairement pour empeſcher qu'on
n'enlevât le criminel, & qu'on ne fruſtrât
le peuple de cet exemple-là.

LICAS.

N'importe, Monſieur, retirons-nous ;
il ne fait point bon aux environs, de ces ſoldats : ce ſont des brutaux qui vous cherchont
querelle, & qui vous obligeont ſouvent à
troquer voſtre bourſe contre des gourmades.

SCENE IV.

CHRISANTE, & LICAS *d'un côté,* **STRATON & LE CUISINIER** *de l'autre.*

STRATON.

Noſtre lumiere eſt éteinte ; je meurs de peur : la nuit eſt terriblement noire !

LICAS *à Chriſante.*

On parle autour de nous, Monſieur ; éloignons-nous de grace : je devrions être déja bien loin.

STRATON *au Cuiſinier.*

J'entens quelqu'un, on en veut peut-être à nôtre ſouper ? je tremble ! mais n'importe, il faut intimider les autres : qu'on marche en bon ordre, & faites-moy ſauter la cervelle à tout ce qui vous ſera ſuſpect.

CHRISANTE *à Licas.*

Ce ſont ces brutaux de ſoldats, ils n'en veulent pas à moins qu'à la cervelle.

LICAS.

N'ayez pas peur, je vais fermer ma lanterne ; & je tacherons d'échaper dans l'obſcurité.

Chriſante

COMEDIE.

Chrisante prend la main de Licas, qui rencontre rudement le Cuisinier, & le fait tomber avec tout le souper dont il est chargé.

LE CUISINIER *en tombant.*

Misericorde !

STRATON *tombant aussi.*

Ah, je suis blessé !

LICAS *à Chrisante.*

Suivez-moi.

SCENE V.

STRATON ET LE CUISINIER.

LE CUISINIER.

Monsieur Straton ?

STRATON.

Eh bien ?

LE CUISINIER.

Tout le souper est renversé !

STRATON.

Ah, je suis mort ! comment faire ?

LE CUISINIER.

Ma foi, vous ferez comme vous l'entendrez ; j'ai la tête tout en sang ; je m'en vais me faire penser.

B

SCENE VI.

STRATON *seul.*

O Ciel ! je ne reviens point de ma frayeur! eſt-il poſſible que depuis que je ſers un homme de guerre , je n'aye pû encore attraper un brin de courage ? il faut que la nature ſoit bien obſtinée ! il n'y a plus perſonne , je penſe ? ſi fait ! non, je me trompe , je croyois ſentir le vent d'une épée. Que vais-je devenir, malheureux ! mon Maître ce ſera impatienté ; j'ai perdu du temps à goûter le vin : s'il faut avec cela, que je retourne ſans le ſouper , mon Maître ne jeûnera point impunément; je ſerai roüé de coups de bâton : le moyen auſſi de rien ramaſſer ſans lumiere!

SCENE VII.

SOSTRATE, STRATON.

SOSTRATE.

M On coquin de Valet ce ſera enyvré quelque part !

STRATON *effrayé.*

Ah, Monſieur! quartier! ſauvez-moi la vie.

SOSTRATE.

C'eſt donc vous, Monſieur le maraud ?

STRATON.

Quoy, ce n'eſt que vous Monſieur ? ah, je tremble encore ! je vous ai crû un de ces fripons qui viennent de renverſer voſtre ſouper.

SOSTRATE.

Comment donc ? que parle-tu de ſouper renverſé ?

STRATON.

Helas, Monſieur, je vous en demande pardon ! ils êtoient plus d'une douzaine qui viennent de fondre ſur celui qui le portoit: Le pauvre garçon en a êté bleſſé ; j'ai crû l'être moi ! & je ne ſçais ce qui ſera réchapé du ſouper.

SOSTRATE.

Maudit poltron ! voila comme tu me ſers ! tu mériterois que je te fiſſe mourir ſous le bâton ?

STRATON.

Eh Monſieur ! le courage ne cede-t-il pas toujours à la force ?

SOSTRATE.

Tien, double lâche, prend la lumiere ; & cherche ce qu'on nous aura laiſſé.

STRATON *cherchant avec la lenterne.*

Bon, bon, Monsieur ! il n'y a que demi mal : voila déja le pain & le vin !

SOSTRATE.

Encore est-ce quelque chose.

STRATON.

Vivat, voila encore le pâté tout entier !

SOSTRATE

Il faut donc se consoler du reste.

STRATON.

Ma foi, vous n'aurez pas grande peine ; voila encore le rost en assez bon état : *Mettant un poulet dans sa poche*, il n'y manque qu'un poulet, Monsieur.

SOSTRATE.

Ce n'est qu'une bagatelle : releve tout cela ; & suis moi.

SCENE VIII.

SOSTRATE, STRATON & EUPHEMIE
derriere le Theatre.

EUPHEMIE.

HElas !

SOSTRATE.

Mais qu'entens-je ?

STRATON.

Quoi, Monſieur ?

SOSTRATE.

On ſe plaint ici quelque part ?

EUPHEMIE.

Helas !

SOSTRATE.

Je ne me trompe point ; c'eſt de ce coſté-
là : aproche.

STRATON.

Helas, Monſieur, qu'allez-vous chercher ?

SOSTRATE.

Voila un tombeau magnifique !

STRATON.

Croyez-moi , Monſieur ; ne troublons
point le repos des morts : allons nous-en.

EUPHEMIE.

Helas ! helas !

SOSTRATE.

Les ſoupirs redoublent ; quelqu'un eſt en-
fermé là dedans : va voir.

STRATON.

Moi , Monſieur ? je ne ſuis point curieux.

SOSTRATE.

Va voir , te dis-je , ou...

STRATON.

J'enrage !

SOSTRATE.

Hé bien ?

STRATON *revenant effrayé.*

Ah , Monfieur , je fuis perdu !

SOSTRATE.

Quoi donc ! qu'as-tu vû ?

STRATON.

Deux lutins , Monfieur , deux fantômes
effroyables !

SOSTRATE.

Infenfé !

STRATON.

Non , Monfieur , il n'y a rien de fi vrai :
cela n'êtoit pas d'abord plus haut que çà ;
mais dès que cela m'a vû , cela s'eft hauffé
tout d'un coup , de douze pieds au moins; &
j'ai vû l'heure que cela me tordoit le cou !

SOSTRATE.

Tu me ferois perdre patience , avec tes vi-
fions !

STRATON.

Je vous dis , Monfieur , qu'il n'y a rien de
fi affreux ! cela eft tout noir des pieds jufqu'à
la tête : cela a par derière , une queuë à perte
de vûë ; & il me femble avoir vû par devant,
des griffes longues de cela !

EUPHEMIE.

Helas ! helas !

STRATON *effrayé.*

Prenez garde , Monfieur ! prenez garde !

SOSTRATE.

Je suis las de t'entendre ; laisse-moi : je
veux voir moi-même.

STRATON.

Ah, Monsieur, que dites-vous là ! voulez-
vous vous perdre ? Vous sçavez quel risque
vous courez à abandonner si long-temps vôtre poste ? il y va de la vie ! & si ce que les
Magistrats ont craint arrivoit ; vous sçavez
qu'il n'y a point de grace à attendre ? helas,
Monsieur, ne m'exposez point à vous perdre !

SOSTRATE.

Tai toi, poltron ! tous mes gens ne te res-
semblent pas grace aux Dieux ; & je peux
me reposer sur leur courage : mais je vois
quelqu'un, ce sont des femmes ?

STRATON.

Vous vous trompez, Monsieur ; ce sont
deux lutins, sur ma parole.

SOSTRATE.

Regarde donc, lâche !

STRATON.

Ah, Monsieur ! ce n'est pas cela que j'ai
vû ! vous verrez que les lutins auront pris
cette forme là pour vous attirer sous leurs
griffes !

SCENE IX.

SOSTRATE, STRATON *d'un côté,*
EUPHEMIE ET FROSINE *de l'autre.*

FROSINE *à Euphemie.*

DE grace, Madame, éloignez-vous un moment de ce funeste objet : donnez quelque trève à vôtre désespoir, & plaignez-vous du moins sans vous arracher les cheveux, & sans vous meurtrir de vos propres mains.

EUPHEMIE.

Ah, ma chere Frosine, que la mort est lente ! & que j'ai d'impatience d'embrasser l'ombre de mon époux !

SOSTRATE *à Straton.*

Je vois ce que c'est, Straton : voila sans doute cette Euphemie dont la beauté & la douleur sont si célèbres dans Ephese ?

STRATON.

Cela pouroit bien être, Monsieur ; je commence à me rassurer : on dit qu'elle s'est enfermée dans le tombeau de son mari pour s'y laisser mourir de douleur ; il feroit beau voir cela, Monsieur, pour la rareté du fait !

SOSTRATE.

Le recit m'en avoit déja attendri ; mais la
préfence de cette Dame me caufe encore tout
une autre émotion !

FROSINE à *Euphemie.*

Je vous avoüeray, Madame, que de moment en moment, vôtre refolution de mourir me paroît moins raifonnable : je trouvois
beau d'abord que vous portaffiez l'amour
conjugal à un excès qui fit parler de vous ;
mais je trouve à préfent que c'eft une foiblef-
fe, & qu'au bout du compte, tout cet honneur là ne vaut pas la vie : le bon homme
Monfieur Chrifante devroit bien vous en
avoir perfuadée !

EUPHEMIE.

Ah, Frofine, ne m'en parle point, je le
détefte ! il m'aime, il a ofé me le dire, on
ne pouvoit m'outrager plus vivement, dans
l'état où je fuis !

FROSINE.

Hé bien, Madame, oubliez Chrifante ;
mais rapellez fes raifons : quel dommage,
comme il vous difoit fi bien, de vous en-
terrer toute vive à vingt ans ! La nature vous
a-t'elle prodigué tant de charmes, pour en
priver fi-tôt le monde ? & jeune & belle
comme vous êtes, croyez-vous vous être

aquitée envers elle, en faifant le bon-heur
d'un feul homme?

EUPHEMIE.

Helas, ma chere Frofine, je ne veux pas
feulement me fouvenir qu'il y en ait d'autres
fur la terre ! tous les hommes qui vivent me
font horreur ! je trouve les Dieux injuftes de
leur laiffer un bien qu'ils raviffent à mon
époux ! faut-il, helas., que les plus dignes de
la vie, en joüiffent toujours le moins !

SOSTRATE *à Straton.*

Je ne me poffède plus, Straton ! il faut que
je lui parle ; & je veux tout tenter pour la
fauver.

STRATON *à part.*

Voyons un peu comme il s'en tirera !

SCENE X.

EUPHEMIE, FROSINE, SOSTRATE, STRATON.

SOSTRATE *en abordant Euphemie.*

NE me regardez point, Madame, comme
un importun qui vienne ici condamner
vôtre douleur, & la redoubler peut-être en
la combattant : elle ne fçauroit être injufte,

puiſque vous vous y abandonnez ; & vous
ſçaurez ſans doute lui donner des bornes,
dès que la raiſon l'exigera.

STRATON *à part.*

Bien débuté, ma foi !

SOSTRATE.

Qu'il me ſoit ſeulement permis, Madame,
de recüeillir ici des larmes ſi précieuſes ; &
d'envier toute ma vie, le ſort de celui pour
qui on les verſe.

EUPHEMIE *bas à Froſine.*

O Ciel, ma chere Froſine ! que vois-je,&
qu'entens-je ?

FROSINE *bas à Euphemie.*

Un jeune homme & un compliment, Madame, tous deux aſſez inſinüants, ce me ſemble.

SOSTRATE.

Le hazard vient de me conduire ici ; mais
ce n'eſt plus lui qui m'y arrête : je ſens que
je m'intereſſe à voſtre douleur ; l'excés de
voſtre attachement pour un époux m'en in-
ſpire un pour vous, que je ſens naître avec
plaiſir : non il n'eſt point ailleurs d'ame faite comme la voſtre ; & quand vous ne ſeriez
pas la plus belle perſonne du monde, comme
vous l'êtes, vous ne laiſſeriez pas d'être encore la plus adorable.

EUPHEMIE *bas à Froſine.*

Que me dit-on, Froſine! quoi la douleur

& la défaillance ne m'auroient pas encore
renduë affreuse ?

FROSINE *bas à Euphemie.*

Non, vrayment, Madame : il est vray que
vos charmes tirent à la fin ; mais vous serez
belle jusqu'au dernier soupir.

SOSTRATE.

Quoi, Madame ! vous ne daignez pas ré-
pondre à mon zele ? vostre esprit est tout oc-
cupé de ce que vous avez perdu ? & vous
n'honorez pas de la moindre attention la
part & l'interest qu'on prend à vostre perte ?
encore une fois, Madame, ne craignez rien ;
je ne veux point vous distraire de vôtre douleur : épanchez seulement avec moi, des sen-
timens que je respecte ; laissez-moi voir ces
yeux noyez de larmes, que j'admire : il n'ap-
partient qu'à des veuves moins sinceres de ca-
cher des yeux qui les servent mal.

EUPHEMIE.

Helas, Monsieur ! quels yeux voulez-vous
voir ? les larmes les ont éteints, & la mort
va bien-tôt les fermer !

SOSTRATE.

La mort va bien-tôt les fermer ? ô Ciel !
que dites-vous ?

EUPHEMIE.

Oüi, Monsieur, le parti en est pris ; j'au-
ray

rai bien-tôt la confolation de rejoindre mon cher époux !

SOSTRATE.

Vous mourriez ? vous, Madame, vous mourriez ? non, l'eftime que j'ai conçuë pour vous, ne me laiffe pas la liberté de vous en croire : vôtre ame eft capable de douleur; mais elle ne fçauroit l'être de defefpoir.

FROSINE.

Il y a pourtant trois jours que nous n'avons mangé !

SOSTRATE.

Trois jours ! ô Ciel, trois jours ! que vous m'allarmez ! trois jours, Madame, & vous vivez encore ! trois jours, mon pauvre Straton !

STRATON.

Ce n'eft pas ma faute.

SOSTRATE.

Ne perdez point de temps, Madame ; il faut réparer tout à l'heure, la défaillance où vous vous êtes reduite : ô Ciel, trois jours ! il me femble que vous allez expirer à tout moment !

EUPHEMIE *bas à Frofine.*

Qu'il eft preffant, ma chere Frofine ! ne trouves-tu pas qu'il a quelque chofe du def-funt ?

FROSINE *bas à Euphemie.*

Oüi, Madame; le don de vous plaire, ſi je me trompe.

SOSTRATE.

Straton, cherche vîte dequoi faire une table; couvre-là de ce que nous avons: il faut que Madame prenne du ſoulagement tout à l'heure.

FROSINE.

Je l'aiderai plûtôt; il n'y a rien que je ne faſſe pour ſauver la vie à ma Maîtreſſe.

STRATON *à part.*

Ah, mon pauvre ſouper! vous allez être englouti!

Straton & Froſine vont chercher dequoi faire une table.

SCENE XI.

EUPHEMIE, SOSTRATE.

EUPHEMIE.

NOn, Monſieur, rien ne peut me réſoudre à vivre! après l'époux que j'ay perdu, il n'y a plus de conſolation pour moi!

SOSTRATE.

Eh quoi, Madame! n'eſt-ce pas offencer

cet époux même que vous pleurez , que de lui
vouloir servir de victime ? croyez vous que
son ombre en veüille à vos jours ? eh , quel
tigre seroit plus crüel que lui , si ce sacrifice
pouvoit lui plaire ?

EUPHEMIE.

Helas , Monsieur ! le Ciel nous avoit faits
pour être toujours unis l'un à l'autre; je ne fais
qué suivre ma destinée : je sentis cette fatalité
dès la premiere fois qu'il s'offrit à ma vûë ;
& depuis cet hûreux moment , je n'en sache
point où je n'aye êté uniquement occupée de
lui : si j'ai à me reprocher quelque distraction,
ce n'est que depuis que vous me parlez ! ah,
ah, ah!

SOSTRATE.

Madame...

EUPHEMIE.

C'étoit , Monsieur , la jeunesse & la dou-
ceur même : quelle complaisance,quel amour
n'avoit-il pas pour moi ! sa passion ne s'est
jamais rallentie d'un instant : il me protestoit
sans cesse qu'il m'aimeroit toute sa vie; &
son dernier soupir estoit encore un soupir
d'amour ! ah , ah , ah !

SOSTRATE.

Hé bien, Madame , j'y consens, rapellez
tous les plaisirs que vous avez goûtez dans
cette union ; c'est pour ces plaisirs mêmes que

vous devez vivre : l'amour peut vous reserver un nouvel amant auffi digne que le premier de toute vôtre tendreffe, & peut-être encore plus épris de vos charmes.

EUPHEMIE.

Oh pour cela, non, Monfieur ; on ne fçauroit m'aimer plus tendrement que le deffunt m'aimoit.

SOSTRATE.

On ne fçauroit auffi vous aimer moins, Madame ; l'amour n'eft point un fentiment dont vous deviez tenir aucun compte : on le fent malgré foi, dès qu'on a le bon-heur de vous voir ; & s'il ne tenoit qu'à vous adorer, pour mériter quelque chofe auprès de vous, je fens trop que j'aurois droit à toutes vos bontés.

Il lui baife la main.

EUPHEMIE.

Vous abufez de ma douleur ; je n'ai pas la force de réfifter.

SCENE XII.

EUPHEMIE, SOSTRATE, FROSINE, STRATON.

*Frosine & Straton aportent une table, &
la dreſſent enſemble.*

SOSTRATE à *Straton.*

AVez-vous fait, Monſieur, Straton ?
STRATON.
Bien-tôt, Monſieur Soſtrate.
EUPHEMIE à *Soſtrate.*
Non, vous dis-je, ne croyez pas me reduire à ce que vous voulez ; j'ai même à préſent plus d'une raiſon pour mourir [: je ne veux plus vous entendre ; j'ai honte de vous avoir entendu : laiſſez-moi mourir ; & laiſſez-moi mourir fidelle.

SOSTRATE.
Qu'entens-je ! & que dois-je penſer ?
EUPHEMIE.
Laiſſez-moi, vous dis-je ; & ceſſez de tenter ma conſtance.
SOSTRATE.
Je ne vous quitte point, à *Straton,* achève.

※※※※※※※※※※※※※※※※※※※※※※※※※

SCENE XIII.

FROSINE & STRATON *mettāt le couvert*

STRATON.

IL me semble, mon enfant, que ta Maîtresse commence à plier ?

FROSINE.

Mon enfant ! ta Maîtresse ! nous sommes déja bien familier, Monsieur Straton ?

STRATON.

Eh oüi, vraiment ; tu es suivante, je suis valet, nous nous connoissons de reste ; ne veux-tu pas que je debute, ne me regardez point, Madame, comme un importun qui... je t'en répons ; c'est là langue des Maîtres : je te parle la mienne.

FROSINE.

Eh là, là, ne te fâche point ; sans façon, mon enfant, puisque c'est ta maniere.

STRATON.

Entre nous donc, le désespoir de ta Maîtresse commence à se battre en retraite ? il devroit être à moitié rendu de famine ?

FROSINE.

Ton Maître ne lui fait point de quartier.

STRATON.

Tu manquois de vivres auffi , toi ? il eût
fait bon t'affiéger ? tu n'aurois gueres tenu ?

FROSINE.

Si fait , fi fait , je ne me ferois renduë , ma
foi , qu'à bonnes enfeignes.

STRATON.

Il eft vrai que tu n'as point un vifage à avoir
jeûné trois jours.

FROSINE.

Il n'y a pourtant guères moins.

STRATON.

C'eft donc le fomeil qui t'engraiffe ?

FROSINE.

A peu près.

STRATON.

Un mari ne te vaudroit rien ? cela trou-
bleroit ton repos ?

FROSINE.

On s'accoûtume à tout.

STRATON.

Tu n'en as donc jamais eü de mari ?

FROSINE.

Non pas, que je sache.

STRATON.

Ma foi, je ne sache point non plus avoir
eü de femme; sur ces deux prétenduës cau-
ses d'ignorance là, nous pourions bien faire
affaire ensemble?

FROSINE.

Je n'aurois jamais le courage de conclure:
tu vois ce que coûte un mari, quand on vient
à le perdre?

STRATON *aprochant du tombeau.*

Bon, bon, tu te mocques! il n'y a rien
de si doux à pleurer qu'un mari. Tien, regarde, le siège n'avance pas mal? voila déja mon Maître au pied du rempart! Coura
ge, on ne tient plus; la victoire est à nous;
on capitule!

FROSINE.

Les Dieux veüillent que ce soit à de bonnes conditions?

SCENE XIV.

EUPHEMIE, SOSTRATE, FROSINE,
STRATON.

STRATON *à Euphemie qui fort
du tombeau avec Softrate.*

ON a fervi, Madame.

EUPHEMIE.

Ah, Softrate ! à quoi fçavez-vous me reduire ? Pár quel enchantement puis-je con-
fentir à vivre, & à vivre pour vous ?

SOSTRATE.

Achevez, Madame ; & ne négligez rien
pour conferver une vie dont tout le bonheur
de la mienne va dépendre.

STRATON *prefentant un verre
à Euphemie.*

Goûtez au vin, Madame.

SOSTRATE.

Mettons-nous à table.

EUPHEMIE *à Frosine.*

Tu me vois rougir, ma chere Frosine; mais fi tu fçavois tout ce que Softrate m'a dit?

FROSINE.

Oh, je le fappofe à merveilles : vous êtes juftifiée de refte; & le deffunt n'y fçauroit trouver à redire.

EUPHEMIE.

C'eft par les mêmes fentimens qui m'a-voient tou chée dans mon époux, que Softra-te vient de m'attendrir encore : c'eft l'ame & le cœur d'un mary que j'aime en luy ; & je crois n'avoir plus perdu que certains traits de vifage indiférens pour une ame délicate.

STRATON *luy prefentant à boire.*

C'eft, morbleu, bien dit, Madame! il faut boire là deffus.

SOSTRATE.

Je fuis délicat auffi, belle Euphemie; & je fens que j'exigerai bien-tôt de vous, un amour qui ne fe rapporte qu'à moi : je ne veux point nourrir en vous la penfée d'au-cun autre ; & ce fera peu pour moi de vous avoir confolée, fi je ne parviens à vous faire oublier que vous ayez jamais eu befoin de l'être.

STRATON *donnant à boire à Soſtrate.*

Mon Maître eſt délicat, voyez-vous? ce n'eſt pas aſſez que le vin ſoit bon ; il y a encore une maniere de le verſer, tenez, qu'il préfere au vin même.

FROSINE *s'étranglant en mangeant.*

Hem, hem, hem, hem !

STRATON.

Tu joües à t'étrangler, Froſine ; ne va pas ſi vîte : boi un coup.

FROSINE *un verre à la main.*

A nôtre Libérateur.

STRATON *en prenant un auſſi.*

Oh parbleu, jeté ferai raiſon ; mon Maître excuſera mon zèle.

SOSTRATE.

Va, je te le pardonne ; mange auſſi : tu iras enſuite voir ce qui ſe paſſe à mon poſte, pour m'en donner des nouvelles.

STRATON *ſe mettant à table.*

Volontiers, Monſieur.

SOSTRATE *du côté de Straton.*

Ah, que je ſuis charmé, Straton ! & que ma premiere paſſion eſt violente !

STRATON *lui répond la bouche pleine.*

Bon.

SOSTRATE.

As-tu jamais vû plus de graces enſemble ? & conçois-tu qu'on puiſſe être plus aimable ?

STRATON *mangeant toûjour.*

Non.

SOSTRATE.

Di donc, ne la trouves-tu pas la plus tou-
chante, la plus belle perſonne du monde ?

STRATON

Oüi.

SOSTRATE.

Ah, je ſens que je l'aimerai éternelle-
ment !

STRATON.

Soit.

SOSTRATE.

Que tu me réponds mal !

STRATON.

Je mange bien, Monſieur.

SOSTRATE.

Verſe à boire.

STRATON *beuvant lui-même le vin
qu'il verſe.*

A vos inclinations, Madame !

SOSTRATE.

Eh, maraut ! eſt-ce là ce que je te dis ?
verſe-nous à boire.

STRATON.

Eh là là, Monſieur ! il n'y a qu'à s'expli-
quer.

SCENE XV.

SCENE XV.

EUPHEMIE, SOSTRATE, FROSINE, STRATON, LICAS.

LICAS trouvant Euphemie à table

AH, ah, ah, ah ! teſtidienne , que ſtila eſt drôle !

EUPHEMIE.

Qu'eſt ce donc ?

SOSTRATE.

Pourquoi ces éclats ?

LICAS.

Eh morgué qui ne riroit pas ? mon Maî-tre eſt comme un fou dans ſon lit ; il pronon-ce à tout bout de champ le nom de Madame, avec des helas ſi douloureux que ç'a vous fe-roit pitié à vous-même. ah , ah , ah , ah !

EUPHEMIE.

Hé bien ?

LICAS.

Hé bian , l'impatience l'a pris de ſçavoir de vos nouvelles ; & il ſe ſeroit levé pour en venir apprendre, ſi je ne l'en euſſions em-pêché : mais il a voulu à toute force que je vinſſe voir ſi vous eſtiez morte ... ah , ah.

ah ! je ne m'attendois morgué pas de vous
trouver fi en vie que ç'a.

FROSINE.

En es-tu fâché, Licas ?

LICAS.

Courage, Madame Froseine ! vous faites
donc vos deux repas par nuit ?

FROSINE.

C'eft à Monfieur que nous devons le mi-
racle que tu vois.

LICAS.

J'entens, j'entens ; vela de ce que vous me
me difiez tantôt, qui mettoit Madame à la
raifon.

FROSINE.

Il s'en faut bien ma foi , que ton Maître
n'ait l'air auffi perfuafif !

LICAS.

Il s'en faut morgué près de cinquante ans ;
mais que difent à tout cela les manes du
mari ?

STRATON.

Pas le mot, comme tu vois.

LICAS.

Vela, palfangué, un bon deffunt !

SOSTRATE.

Oh ç'a, Monfieur Licas ! pretendez-vous
encore long-temps troubler nos plaifirs ?

LICAS.

Non, morguenne ; fi le mary eft un bon

deffunt, je fuis un bon vivant, moi : me vela
prêt de boire à vos fantez pour marquer que
j'ons bonne intention.

FROSINE.

Volontiers, je t'en veux verfer moi-même.

SOSTRATE.

C'en eft affez, Straton ; va faire un tour où
je t'ai dit ?

STRATON *fe levant de table.*

J'y cours.

SCENE XVI.

EUPHEMIE, SOSTRATE, FROSINE, LICAS, CHRISANTE.

CHRISANTE.

Licas l'aura fans doute trouvée morte...
mais Ciel ! que vois je ?

LICAS.

C'eft mon Maître ; l'impatience l'a pris.

SOSTRATE *fe levant de table.*

O Dieux ! c'eft mon pere !

CHRISANTE.

Euphemie à table avec mon fils !

FROSINE & LICAS.

Son fils !

CHRISANTE.

Je ne puis revenir de ma furprife ; & je crois prefqu'encore que tout ceci n'eft qu'un vain fantôme !

LICAS *prenant une cuiſſe de poulet.*

Il n'y a morgué rian de plus réel ; il n'y a qu'à tâter.

CHRISANTE.

Quoi, perfide Euphemie ! ne vous feriez-vous renfermée dans le tombeau de vôtre mary, que pour le faire fervir de rendez-vous à un amant qui le deshonore ?

SOSTRATE.

Mon pere !

EUPHEMIE,

Mon cher Monfieur Chrifante !

CHRISANTE.

Non, non, point de Monfieur Chrifante : l'amour que j'avois pour vous fe tourne en rage ; & je fçaurai bien vous faire payer les pleurs que voftre fauffe vertu m'a coûtées.

LICAS.

Eh là là, Monfieur ne vous émouvez point tant, ç'a vous feroit mal.

CHRISANTE.

Eh que m'importe, Licas ? je ne veux plus vivre après ce que j'ai vû ! toutes les femmes font deformais pour moi autant de monftres que j'abhorre ! ce n'eft que legereté,

qu'inconſtance, que diſſimulatton, que per-
fidie, & tous les vices du monde enſemble !

LICAS.

Morgué, c'eſt pourtant queuque choſe de
drôle que tous ces vices du monde enſemble !

FROSINE.

Mais, mais, Monſieur, qu'avez-vous donc
tant à nous reprocher ? il y a trois jours que
vous nous perſecutez pour nous reſoudre à
vivre : nôtre conſtance ne tenoit plus qu'à
un filet; Monſieur vient de le rompre : qu'y
a-t'il là de ſi étonnant ?

LICAS.

Alle a morgué raiſon ; vous aviez ſapé
l'abre ; il étoit bien aiſié de le faire choir.

EUPHEMIE.

Ah, Soſtrate, que vous m'allez rendre
malheureuſe !

CHRISANTE.

Oüi, oüi, vous la ſerez, Madame : je vais
crier vos foibleſſes dans tout Epheſe; & il
ne tiendra pas à moi que vous ne deveniez la
fable de tout l'avenir.

SOSTRATE.

Au nom des Dieúx, mon pere, ne reduiſez
point au deſeſpoir une perſonne adorable,
& que vous trouveriez encore innocente, ſi

vous n'aviez jamais eü pour elle que de l'eſtime !

CHRISANTE.

Taiſez-vous, Monſieur mon fils : vous êtes un impertinent ; & je vous ferai bien acheter l'amour dont vous vous applaudiſſez.

SCENE DERNIERE.

EUPHEMIE, SOSTRATE, FROSINE, LICAS, CHRISANTE, STRATON.

STRATON *accourant tout eſſouflé.*

O Diſgrace ! ô malheur ! ah, mon cher Maître, nous ſommes perdus !

SOSTRATE.

Comment ?

CHRISANTE.

Qu'eſt il arrivé ?

STRATON.

Ah, c'eſt vous, Mr Chriſante ? qu'allez-vous devenir ?

SOSTRATE.

Quoi donc ?

STRATON.

Nôtre criminel nous a joüé d'un tour ! je

me doutois bien que ce coquin là nous por-
teroit malheur ; je n'ai jamais vû une si mau-
vaise phisionomie.

SOSTRATE.

O Ciel ! je fremis , explique-toi ?

STRATON.

Voila ce que vôtre absence nous coûte ! la
moitié de vôtre troupe s'est endormie , le
reste s'est dissipé ; & ce fripon de pendu a
pris ce moment là pour se faire enlever par
ses amis.

SOSTRATE.

Est-il possible, justes Dieux ! & faudra-
t'il donc que je subisse une mort infame ?

CHRISANTE.

Quoi , mon fils...

EUPHEMIE.

Quoi , Sostrate...

STRATON.

Faites vos adieux , Monsieur, & fuyons en
diligence ; il n'y a plus de vie pour vous à
Ephese : ces Magistrats sont des brutaux qui
ne vous feroient pas grace d'un soupir.

SOSTRATE.

Non , non , je ne fuirai point ; je crain-
drois trop d'être surpris : je sçais un moyen
plus sûr de me dérober à la honte qui me
menace ?

Il tire son épée pour s'en fraper.

CHRISANTE *en la lui arrachant.*

Ah, mon fils! arrêtez...

EUPHEMIE.

O Ciel! qu'alliez-vous faire!

CHRISANTE.

Vôtre danger rapelle toute ma tendreſſe; & je n'ai plus d'autre paſſion que de vous ſauver la vie.

SOSTRATE.

Ah de grace, mon pere, ſauvez-moi plûtôt l'honneur! je ne puis ſonger ſans horreur, à l'ignominie dont je ſuis menacé!

CHRISANTE.

Ah, mon cher fils, que vous m'attendriſſez!

EUPHEMIE *tombant entre les bras de Froſine.*

Ah, ma chere Froſine!

FROSINE.

Mais quoi! n'y a-t'il donc pas de remede à tout cela?

STRATON.

Helas pour ſauver la vie à mon Maître, je me mettrois volontiers à la place vuide; mais on reconnoîtroit la fraude: celui qui l'occupoit êtoit de deux pieds plus grand que moi. Si Licas vouloit?

LICAS.

Serviteur, je ſis trop gros.

FROSINE.

Si Madame vouloit plûtôt, sans faire tort
à personne, nôtre deffunt...

EUPHEMIE.

Ah, Frosine! qu'osez-vous penser?

CHRISANTE.

Ah de grace, Madame, ne vous effrayez
point de ce qu'elle pense! vous me voyez à
vos genoux, pour vous demander la vie d'un
fils qui vous a sçû plaire.

EUPHEMIE.

Ah Chrisante, que me demandez vous!
trahir mon devoir avec tant d'indignité!

CHRISANTE.

Eh quoi, Madame, quel vain scrupule
vous arrête?

STRATON *à genoux.*

Ce n'est qu'une bagatelle, Madame; lais-
sez-vous fléchir?

FROSINE *à genoux.*

Ma chere Maîtresse!

LICAS *à genoux.*

Madame!

EUPHEMIE.

Helas, Sostrate! à quelle extremité suis-
je reduite!

CHRISANTE.

N'hesitez plus, Madame; je consens que
Sostrate s'unisse avec vous pour jamais; son

interêt devient vôtre premier devoir : conservez un époux ; & rendez moi mon fils, de grace.

FROSINE.

De grace, de grace ! eh mort de ma vie, ne sçauriez-vous entendre Madame, sans qu'elle parle ? C'est à elle à pleurer, & à nous d'agir ; laissez-moi faire, je prens la vie de Sostrate sur mon compte ; & j'en réponds corps pour corps.

STRATON.

Vivat ! ah mon cher Maître, que je vous embrasse ! vous voila, morbleu, revenu de bien loin !

LICAS.

Avec tout çà, morgué, c'est encore là l'exemple des veuves.

FIN.

PERMISSION.

Permis d'imprimer : Fait ce 30. Septembre 1702.

M. LE VOYER D'ARGENSON.